녹두를 훔쳐 먹으려는 토끼 가족과
빼앗기지 않으려는 할아버지가 서로 대결해요.
할아버지는 꾀 많은 토끼들을 잡을 수 있을까요?

추천 감수_ 서대석
서울대학교와 동 대학원에서 구비문학을 전공하고 문학박사 학위를 받았습니다. 한국 구비문학회 회장과 한국고전문학회 회장을 지냈으며, 1984년부터 지금까지 서울대학교 인문대학 국어국문학과 교수로 재직 중입니다. 〈한국구비문학대계〉 1-2, 2-2, 2-6, 2-7, 4-3 등 5권을 펴냈으며, 쓴 책으로 〈구비문학 개설〉, 〈전통 구비문학과 근대 공연예술〉, 〈한국의 신화〉, 〈군담소설의 구조와 배경〉 등이 있습니다.

추천 감수_ 임치균
서울대학교 대학원에서 고전소설 연구로 문학박사 학위를 받고 현재 한국학중앙연구원 한국학대학원 어문예술계열 교수로 재직 중입니다. 한국학중앙연구원에서 문헌과 해석 운영위원으로 활동하고 있으며, 고전소설의 대중화 방안을 연구하여 일반인들에게 널리 알리는 일에 앞장서고 있습니다. 쓴 책으로 〈조선조 대장편소설 연구〉, 〈한국 고전소설의 세계〉(공저), 〈검은 바람〉 등이 있습니다.

추천 감수_ 김기형
고려대학교와 동 대학원에서 구비문학을 전공하고 문학박사 학위를 받았습니다. 현재 고려대학교 문과대학 국어국문학과 부교수로 판소리를 비롯한 우리 문학을 계승 발전시키기 위해 노력하고 있습니다. 쓴 책으로 〈적벽가 연구〉, 〈수궁가 연구〉, 〈강도근 5가 전집〉, 〈한국의 판소리 문화〉, 〈한국 구비문학의 이해〉(공저) 등이 있습니다.

추천 감수_ 김병규
대구교육대학을 졸업하고 한국일보 신춘문예에 동화가, 중앙일보 신춘문예에 희곡이 당선되면서 작품 활동을 시작했습니다. 대한민국문학상, 소천아동문학상, 해강아동문학상 등을 수상했으며, 현재 소년한국일보 편집국장으로 재직 중입니다. 쓴 책으로 〈나무는 왜 겨울에 옷을 벗는가〉, 〈푸렁별에서 온 손님〉, 〈그림 속의 파란 단추〉 등이 있습니다.

추천 감수_ 배익천
경북 영양에서 태어났습니다. 1974년 한국일보 신춘문예에 동화가 당선되었고, 〈마음을 찍는 발자국〉, 〈눈사람의 휘파람〉, 〈냉이꽃〉, 〈은빛 날개의 가슴〉 등의 동화집을 펴냈습니다. 한국아동문학상, 대한민국문학상, 세종아동문학상 등을 받았으며, 현재 부산 MBC에서 발행하는 〈어린이문예〉 편집주간으로 일하고 있습니다.

글_ 전혜영
동국대학교에서 국어국문학을 공부하고 어린이들을 위한 책을 기획하고 만드는 일을 하고 있습니다. 쓴 책으로 〈우리 문화 91가지〉, 〈독서 표현 활동 프로그램〉 등이 있습니다.

그림_ 김마늘
한국예술종합대학 영상원에서 애니메이션을 공부하고 서울 국제 만화페스티벌에 작품을 전시했습니다. 신한 새싹만화상 동상을 수상했으며, 2000년 단편 애니메이션 '만선'이 서울애니메이션센터 제작지원 우수작에 당선되었습니다. 현재 프리랜스 일러스트레이터, 단편 애니메이터로 활동 중입니다. 그린 책으로 〈당나귀의 어설픈 재주〉, 〈보물섬〉 등이 있습니다.

소년한국
우수어린이
도서수상

〈말랑말랑 우리전래동화〉는 소년한국일보사가 국내 최고의 도서 제품을 선정하여 주는 **우수어린이 도서**를 여러 출판사의 많은 후보작과의 치열한 경쟁을 뚫고 수상하였습니다.

말랑말랑 우리전래동화

㊾ 웃음과 풍자

녹두 할아버지와 토끼

발 행 인 박희철
발 행 처 한국헤밍웨이
출판등록 제406-2013-000056호
주   소 경기도 성남시 분당구 금곡동 444-148
대표전화 031-715-7722
팩   스 031-786-1100
편   집 이영혜, 이승희, 최부옥, 김지균, 송정호
디 자 인 조수진, 우지영, 성지현, 선우소연
사진제공 이미지클릭, 연합포토, 중앙포토

△ 주의 : 본 교재를 던지거나 떨어뜨리면 다칠 우려가 있으니 주의하십시오.
　　　　고온 다습한 장소나 직사광선이 닿는 장소에는 보관을 피해 주십시오.

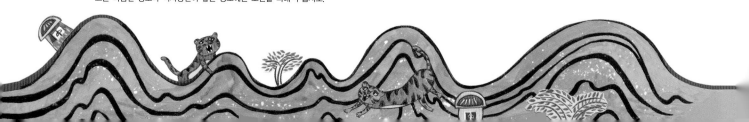

녹두 할아버지와 토끼

글 전혜영 그림 김마늘

한국헤밍웨이

옛날, 산골 마을에 할아버지가 살았어.
어느 날, 할아버지는 빈대떡이 먹고 싶어졌대.
그래서 산비탈에 녹두를 심어 놓고
목이 빠져라 열매가 맺기만을 기다렸지.
얼마 후, 녹두는 꽃을 피우더니 열매를 맺었어.
"이야, 녹두 농사가 풍년인걸!"
할아버지는 신이 나서 덩실덩실 춤을 추었지.

녹두밭 가까운 곳에는 토끼 굴이 있었어.
하루는 토끼 가족이 입맛을 다시며 말했어.
"뭐 좀 맛있는 게 없을까?"

막내 토끼가 녹두밭을 가리키며 소리쳤어.
"할아버지네 녹두가 먹음직스럽게 익어 가요."
"그래? 거두기 전에 어서 따 먹으러 가자."
아빠 토끼가 녹두밭을 내려다보며 말했어.

토끼 가족은 슬금슬금 녹두밭으로 기어 들어갔어.
그러고는 야금야금 녹두를 따 먹기 시작했지.
"우아, 고소하다. 냠냠 쩝쩝!"
"조용히 좀 먹어. 그러다가 들키겠다."
엄마 토끼가 주위를 둘러보며 말했어.

바로 그때였어.
할아버지가 녹두밭에 나왔다가
토끼들을 보고는 고래고래 고함을 질렀어.
"이놈들! 감히 내 녹두를 먹어?"
토끼 가족은 화들짝 놀라서 허겁지겁 달아났어.
"한 번 혼났으니 다시는 오지 않겠지."
할아버지는 마음 놓고 집으로 돌아갔지.

이튿날, 할아버지는 녹두밭으로
나갔다가 깜짝 놀라서 쓰러질 뻔했어.
토끼들이 녹두를 또 먹고 있었던 거야.
"이놈들아, 내 녹두야!
빈대떡 해 먹으려고 봄부터 키운 거다!"

할아버지는 막대기를 들고 토끼들을 뒤쫓았어.
하지만 토끼들은 얼마나 빠른지
순식간에 꽁무니를 빼고 사라져 버렸어.
할아버지는 밭을 보며 한숨을 내쉬었어.
"후유, 매일 와서 지켜야겠군."

다음 날, 할아버지는 막대기를 들고
살금살금 녹두밭으로 다가갔어.
토끼들은 녹두를 먹느라 정신이 없었지.
"이놈들! 매운 막대기 맛 좀 봐라!"
할아버지는 막대기를 마구 휘둘러 댔어.
"아이고, 코야!"
"아이고, 귀야!"
토끼 가족은 할아버지에게 혼쭐이 났어.

토끼 굴로 돌아온 토끼 가족은
머리를 맞대고 꾀를 생각해 냈어.
차례를 정해 한나절씩 망을 보기로 한 거야.
다음 날, 망보던 토끼가 외쳤어.
"녹두 할아버지다! 녹두 할아버지가 온다!"
토끼들은 재빨리 숲 속으로 달아날 수 있었어.

할아버지도 머리를 싸매고 토끼 잡을 궁리를 했어.
"옳거니, 바로 그거야!"
다음 날, 할아버지는 녹두밭 한가운데
벌러덩 누워 죽은 척을 했어.
눈에는 밤을 얹고, 코에는 대추 박고,
귀에는 호두 박고, 입에는 곶감을 물었지.
그것도 모자라 배꼽에는 자두를 박고,
손에는 사과까지 들었어.

"아이고, 녹두 할아버지가 죽었네."
"우릴 그렇게 못살게 굴더니……."
"쯧쯧, 양지바른 곳에 묻어 주자."
토끼들은 할아버지를 떠메고
산으로 올라가면서 노래를 불렀어.

어어노오 어어노오
녹두 할아버지 죽었네.
어어노오 어어노오
빈대떡도 못 부쳐 먹고
녹두 할아버지 죽었네.
두 눈 뜨고 살았을 땐
욕도 먹고 혼도 났지.
두 눈 감고 죽고 나니
불쌍하고 불쌍하네.
어나니 영차 어어노오.

토끼들이 할아버지를 막 묻으려고 할 때야.
"이놈들! 나 안 죽었다!"
갑자기 할아버지가 고함을 지르며 벌떡 일어났어.
토끼들은 화들짝 놀라 후다닥 달아났어.
그런데 이를 어째?
막내 토끼가 할아버지에게 붙잡히고 만 거야.

할아버지는 막내 토끼를 묶어 들고 집으로 돌아왔어.
그러고는 가마솥에 물을 채운 다음
막내 토끼를 그 안에 넣었어.
"빈대떡 먹기 전에 토끼 고기 맛이나 보자."
솥뚜껑을 덮으려던 할아버지는
부싯돌을 찾으러 방으로 들어갔어.

막내 토끼는 얼른 가마솥에서 나와 달아나기 시작했어.
하지만 방에서 나오던 할아버지한테
뒷다리를 잡히고 말았지.
막내 토끼는 마침 꾀를 떠올렸어.
"할아버지, 제 다리를 잡아야지
왜 울타리를 잡고 있어요?"
"어, 그런가?"
할아버지는 엉겁결에 토끼 다리를 놓고 말았어.

"내 다리 여기 있다."
막내 토끼는 할아버지를 놀려 대며
장독대 위로 달아났어.
할아버지는 너무 화가 나서 솥뚜껑을 집어 던졌어.
하지만 웬걸, 날쌘 토끼가 피하자 간장독이 와장창!

"할아버지, 나 잡아 봐요."
막내 토끼는 지붕 위로 뛰어 올라갔어.
할아버지는 머리끝까지 화가 나서
긴 막대로 지붕에 불을 질러 버렸어.
막내 토끼는 얼른 뛰어내려 달아났고,
순식간에 초가집만 홀라당 타 버리고 말았지.
"아이고, 망했네. 난 망했어."
그제야 할아버지는 큰 소리로 엉엉 울었어.

녹두 할아버지와 토끼 작품해설

〈녹두 할아버지와 토끼〉는 녹두를 가꾸는 할아버지와 그 녹두를 몰래 따 먹는 토끼가 지혜를 대결하는 '지략담' 으로, '팥이영감 설화' 를 바탕으로 하고 있습니다.

옛날에 한 할아버지가 산비탈을 일구어 녹두를 심었습니다. 녹두가 잘 자라서 주렁주렁 열매를 맺자 토끼들이 내려와 몰래 따 먹습니다. 할아버지는 토끼들이 자꾸 녹두를 따 먹자 여러 가지 방법을 써서 쫓아 봅니다. 하지만 효과가 없었지요.

궁리 끝에 할아버지는 녹두밭에 가서 죽은 체하고 누워 있습니다. 그것을 본 토끼들은 녹두 할아버지를 불쌍하게 여기고 땅에 묻어 주기로 합니다. 그런데 할아버지를 땅에 묻으려는 순간 할아버지가 벌떡 일어났습니다. 화들짝 놀란 토끼들은 부랴부랴 도망을 쳤지만 막내 토끼가 할아버지에게 붙잡히고 말았지요.

할아버지는 막내 토끼를 삶아 먹으려고 가마솥에 물을 채우고 토끼를 넣습니다. 그런데 할아버지가 부싯돌을 찾으러 간 사이 토끼가 도망을 칩니다. 할아버지는 토끼를 잡으려다가 간장독을 깨뜨리고, 지붕까지 홀라당 태워 먹습니다.

옛이야기에서는 대개 작고 약한 편이 놀라운 재치와 기발한 꾀를 이용해 크고 힘센 편을 이깁니다. 이것은 옛이야기를 만들고 전하는 사람들이 언제나 약한 편에 서서 세상을 보았기 때문이지요.

물론 힘센 편이라고 해서 반드시 그르고, 약한 편이라고 해서 반드시 옳다고 할 수는 없을 것입니다.

〈녹두 할아버지와 토끼〉에서 토끼는 작고 약한 짐승이지만 할아버지가 힘들여 심고 가꾼 녹두를 몰래 따 먹는 심술궂고 얄미운 존재이니까요.

〈녹두 할아버지와 토끼〉는 성격이 급한 할아버지와 얄밉고 능청스러운 토끼의 익살스러운 대결을 통해 한바탕 웃음을 전해 주는 이야기입니다.

꼭 알아야 할 작품 속 우리 문화

녹두

녹두는 콩의 한 종류로 몸에 좋은 영양소가 많이 들어 있어요. 그래서 예로부터 음식으로 많이 해 먹었는데, 빈대떡이 대표적이에요. 조선 시대에 동학 운동을 일으킨 전봉준은 키가 작았지만 무척 용맹해서 '녹두 장군'이라고 불렸어요.

부싯돌

부싯돌은 옛날에 쓰이던 불을 붙이는 도구예요. 규산염이라는 성분이 들어 있는 아주 단단한 차돌 같은 것을 부싯돌로 사용했어요. 쑥이나 고사리 말린 것을 옆에 두고 부싯돌을 부딪치면 불꽃이 튀어 불이 쉽게 붙었지요.

초가집

초가집은 지붕을 갈대나 새, 볏짚 등으로 만들었어요. 볏짚을 엮어서 만든 지붕은 여름에 시원하고 겨울에 따뜻한 반면, 벌레가 생기고 불이 나기 쉬웠어요. 또 지붕을 갈아 줘야 해서 번거로웠지요. 하지만 볏짚을 구하기가 쉬워, 우리 조상들은 초가집에 많이 살았어요.

조상의 지혜를 배우는 속담 여행

〈녹두 할아버지와 토끼〉에서 할아버지는 토끼를 잡으려다가 간장독도 깨고 초가집까지 불태워 버리고 말았어요. 여기에서 배울 수 있는 속담을 알아보아요.

빈대 잡으려고 초가삼간 태운다

아주 조그만 빈대 한 마리를 잡으려고 집을 불태우면 안 되겠지요? 작은 것에 집착하다가 큰 것을 잃는다는 뜻이에요.

전래 동화로 미리 배우는 교고서

🐦 녹두 할아버지는 녹두밭 한가운데 누워 있었어요. 왜 그랬을까요?

🦫 녹두 할아버지는 끝내 토끼를 못 잡았어요. 여러분이 토끼를 잡을 수 있는 방법을 생각해서 녹두 할아버지에게 살짝 귀띔해 주세요.

🍎 녹두 할아버지는 녹두를 훔쳐 먹는 토끼 때문에 늘 기분이 나빴어요. 아래 그림 중에서 기분이 좋았을 그림을 찾아보고 왜 그런지 말해 보세요.